AF346607

LE JARDINIER
D'AMOUR

RABINDRANATH TAGORE
LE JARDINIER D'AMOUR

TRADUCTION DE
HENRIETTE MIRABAUD-THORENS

ÉDITION ORIGINALE

PARIS
ÉDITIONS DE LA
NOUVELLE REVUE FRANÇAISE
35 ET 37, RUE MADAME. 1920

IL A ÉTÉ TIRÉ DE CET OUVRAGE, APRÈS
IMPOSITIONS SPÉCIALES, 133 EXEMPLAIRES
IN-4° TELLIÈRE SUR PAPIER VERGÉ PUR FIL
LAFUMA-NAVARRE, AU FILIGRANE DE LA
NOUVELLE REVUE FRANÇAISE, DONT 8 EXEM-
PLAIRES HORS COMMERCE, MARQUÉS DE A
A H, 100 EXEMPLAIRES RÉSERVÉS AUX BI-
BLIOPHILES DE LA NOUVELLE REVUE FRAN-
ÇAISE, NUMÉROTÉS DE I A C, 25 EXEMPLAI-
RES NUMÉROTÉS DE CI A CXXV ; 1040 EXEM-
PLAIRES SUR PAPIER VÉLIN PUR FIL LAFUMA-
NAVARRE, DONT 10 EXEMPLAIRES HORS
COMMERCE MARQUÉS DE a A j, 800 EXEM-
PLAIRES RÉSERVÉS AUX AMIS DE L'ÉDITION
ORIGINALE, NUMÉROTÉS DE 1 A 800, 30
EXEMPLAIRES D'AUTEUR, HORS COMMERCE,
NUMÉROTÉS DE 801 A 830 ET 200 EXEMPLAI-
RES NUMÉROTÉS DE 831 A 1030. CE TIRAGE
CONSTITUANT PROPREMENT ET AUTHENTI-
QUEMENT L'ÉDITION ORIGINALE

EXEMPLAIRE N° 920

LE JARDINIER D'AMOUR

I

LE SERVITEUR

Oh! Reine aie pitié de ton serviteur.

LA REINE

L'assemblée est terminée et tous mes serviteurs sont partis. Pourquoi viens-tu à cette heure tardive?

LE SERVITEUR

Mon heure vient quand celle des autres est passée. Dis-moi quel travail reste à faire pour le dernier de tes serviteurs.

LA REINE

Qu'espère-tu puisqu'il est trop tard?

LE SERVITEUR

Fais-moi le jardinier de ton jardin de fleurs.

LE JARDINIER D'AMOUR

LA REINE

Quelle est cette folie?

LE SERVITEUR

Je renoncerai à tout autre travail, je jetterai dans la poussière mes lances et mes épées. Ne m'envoie pas dans des cours lointaines. Ne me demande plus de nouvelles conquêtes : Fais-moi le jardinier de ton jardin de fleurs.

LA REINE

Quel sera ton service?

LE SERVITEUR

Celui de tes loisirs. Je garderai fraîche l'herbe du sentier où tu marches au matin et où, à chacun de tes pas, les fleurs avides de mourir, bénissent le pied qui les foule.

Je te balancerai parmi les branches du *septaparna* tandis que la lune, tôt levée dans le soir, s'efforcera à travers les feuillées de baiser ta robe.

Je remplirai d'huile odorante la lampe

LE JARDINIER D'AMOUR

qui brûle près de ton lit et, de merveilleux décors de santal et de pâte de safran, je décorerai ton tabouret.

LA REINE

Qu'auras-tu pour ta récompense?

LE SERVITEUR

La permission de tenir entre mes mains tes poings mignons pareils à de tendres boutons de lotus, et de passer autour de tes bras des chaînes de fleurs ; de teindre la plante de tes pieds du jus rouge des pétales de l'*Ashoka* et d'y cueillir, dans un baiser, le grain de poussière qui par mégarde pourrait s'y être égaré.

LA REINE

Mon serviteur, tes prières sont exaucées. Tu seras le jardinier de mon jardin de fleurs.

II

Poète, le soir approche; tes cheveux grisonnent.

Entends-tu pendant tes rêveries solitaires le message de l'au-delà?

C'est le soir, dit le poète, j'écoute : quelqu'un peut appeler du village, malgré l'heure tardive.

Je veille : Deux amoureux se cherchent. Leur cœur les guidera-t-il sûrement? — Les cœurs errants de deux jeunes amants se rencontreront-ils; leurs yeux ardents, mendient une harmonie d'amour qui rompe le silence et qui parle pour eux.

Qui tissera la trame de leurs chants passionnés si je reste assis sur la plage de la vie à contempler la mort et l'au-delà?

La première étoile du soir disparaît.
L'éclat d'un bûcher funéraire meurt

LE JARDINIER D'AMOUR

lentement auprès de la rivière silencieuse.

De la cour de la maison déserte, et à la lumière d'une lune pâlie, on entend les chacals hurler en chœur.

Si quelque voyageur, errant loin de sa demeure, vient ici contempler la nuit et écouter, tête penchée, le chant des ténèbres, qui sera là pour lui chuchoter les secrets de la vie, si, fermant ma porte, je m'affranchis de toute obligation mortelle?

Qu'importe que mes cheveux grisonnent.

Je suis toujours aussi jeune ou aussi vieux que le plus jeune et le plus vieux du village.

Les uns ont un sourire simple et doux, d'autres l'œil brillant de malice.

Ceux-ci ont des pleurs qui sourdent à la lumière du jour, ceux-là des larmes qui se cachent dans les ténèbres.

Tous ils ont besoin de moi, je n'ai pas le temps de méditer sur la vie à venir.

Je suis de l'âge de tous; qu'importe si mes cheveux grisonnent?

III

Au matin, je jetai mon filet dans la mer.

J'arrachai du sombre abîme d'étranges merveilles : les unes brillaient comme un sourire, d'autres scintillaient comme des larmes et d'autres étaient rougissantes comme les joues d'une jeune épousée.

Quand, chargé de mon précieux fardeau, je revins à la maison, ma bien-aimée était assise dans le jardin et nonchalamment effeuillait les pétales d'une fleur.

J'hésitai un instant, puis je plaçai à ses pieds tout ce que j'avais arraché à la mer et je restai là silencieux.

Elle y jeta un regard et dit : Quelles sont ces choses étranges ? A quoi peuvent-elles servir ?

De honte, je baissai la tête et je pensai : Je n'ai pas lutté pour obtenir ceci ; rien de tout cela n'a été acheté sur le marché ;

LE JARDINIER D'AMOUR

ce ne sont pas des présents faits pour elle.

Alors, durant toute la nuit, je jetai ces trésors dans la rue.

Au matin, des voyageurs vinrent ; ils les ramassèrent et les emportèrent dans des pays lointains.

IV

Hélas ! Pourquoi ont-ils bâti ma maison au bord de la route qui mène à la cité ?

Ils amarrent leurs bateaux tout chargés, près de mes arbres.

Ils vont et viennent et errent à leur guise.

Je m'assieds et je les surveille ; mes heures se consument.

Je ne puis les chasser. Et ainsi passent mes jours.

Nuit et jour leurs pas résonnent à ma porte.

En vain je leur crie : « Je ne vous connais pas. »

Je touche les uns, je sens l'odeur des autres ; j'ai ceux-ci dans le sang de mes veines et ceux-là hantent mes rêves.

Les chasser, je ne puis ; je les appelle et je leur dis : « Que ceux qui le voudront, viennent dans ma maison. Oui, qu'ils viennent. »

LE JARDINIER D'AMOUR

Au matin, la cloche sonne dans le temple.

Ils viennent avec des paniers dans leurs mains.

Leurs pieds sont rougis. La première lueur de l'aube éclaire leur visage.

Les chasser je ne puis; je les appelle et je leur dis : « Venez dans mon jardin pour y cueillir des fleurs. Venez. »

À midi le gong résonne à la grille du palais.

Je ne sais pourquoi ils quittent leur travail et s'attardent près de ma haie.

Les fleurs dans leurs cheveux sont pâles et fanées; les notes de leurs flûtes sont languissantes.

Les chasser, je ne puis; je les appelle et je leur dis : « L'ombre est fraîche sous mes arbres. Venez, amis. »

La nuit les grillons chantent dans les bois.

Qui vient lentement vers ma porte, y frapper doucement?

Je vois vaguement le visage... Aucun mot n'est prononcé.

LE JARDINIER D'AMOUR

Le silence du ciel est partout alentour.

Chasser mon hôte silencieux, je ne le puis;

Je regarde son visage dans la nuit et des heures de rêve passent.

V

Je ne puis trouver le repos.

J'ai soif d'infini.

Mon âme languissante aspire aux inconnus lointains.

Grand Au-Delà, O le poignant appel de ta flûte !

J'oublie, j'oublie toujours que je n'ai pas d'ailes pour voler, que je suis éternellement attaché à la terre.

Mon âme est ardente et le sommeil me fuit ; je suis un étranger dans un pays étrange !

Tu murmures à mon oreille un espoir impossible.

Mon cœur connaît ta voix comme si c'était la sienne.

Grand Inconnu, O le poignant appel de ta flûte !

LE JARDINIER D'AMOUR

J'oublie, j'oublie toujours que je ne sais
pas le chemin, que je n'ai pas le cheval ailé.

Je ne puis trouver la quiétude ; je suis
étranger à mon propre cœur.

Dans la brume ensoleillée des heures
langoureuses, quelle immense vision de Toi
apparaît sur le bleu du ciel !

Grand Inconnaissable, O le poignant
appel de ta flûte !

J'oublie, j'oublie toujours que partout les
grilles sont fermées dans la maison où je
demeure solitaire !

VI

L'oiseau apprivoisé était dans une cage ; l'oiseau sauvage était dans la forêt.

Le sort les fit se rencontrer. L'oiseau sauvage crie : Oh ! mon amour, volons vers le bois.

L'oiseau apprivoisé murmure : Viens ici, vivons ensemble dans la cage.

Parmi ces barreaux, où y aurait-il place pour étendre mes ailes ? dit le libre oiseau. Hélas ! s'écrie le prisonnier, je ne saurais où me poser dans le ciel.

Mon bien-aimé, viens chanter les chants des forêts. — Reste près de moi. Je t'enseignerai une musique savante.

L'oiseau des forêts réplique : Non, non ! Les chants jamais ne se peuvent enseigner.

L'oiseau en cage dit : Hélas ! Je ne sais pas les chants des forêts.

LE JARDINIER D'AMOUR

Ils ont soif d'amour, mais jamais ils ne peuvent voler aile à aile.

A travers les barreaux de la cage ils se regardent, et vain est leur désir de se connaître.

Ils battent des ailes et chantent : Viens plus près mon amour !

Le libre ailé s'écrie : Je ne puis, je crains les portes fermées de ta cage.

Hélas ! dit le captif, mes ailes sont impuissantes et mortes.

VII

O mère, le jeune Prince doit passer devant notre porte. Comment pourrais-je travailler ce matin ?

Apprenez-moi à natter mes cheveux ; dites-moi quel vêtement je dois mettre.

Pourquoi, mère, me regardez-vous avec étonnement ?

Je sais bien qu'il ne jettera pas un regard à ma fenêtre ; je sais qu'en un clin d'œil, il disparaîtra et que seuls les sanglots de sa flûte lointaine viendront mourir à mon oreille.

Mais le jeune Prince passera devant notre porte et je veux, pour cet instant, mettre ce que j'ai de plus beau.

O mère, le jeune Prince a passé devant notre porte et le soleil du matin étincelait sur son char.

LE JARDINIER D'AMOUR

Je me suis dévoilée ; j'ai arraché mon collier de rubis de mon cou et je l'ai jeté à ses pieds.

Pourquoi, mère, me regardez-vous avec étonnement ?

Je sais qu'il ne ramassa pas mon collier ; je sais que mon collier fut écrasé sous les roues de son char, laissant une tache rouge sur la poussière ; personne n'a su ce qu'était mon présent ni à qui il était offert.

Mais le jeune Prince a passé devant notre porte et j'ai jeté sur son chemin le joyau de mon cœur.

VIII

La lampe s'était éteinte près de mon lit ; au matin je m'éveillai avec les oiseaux.

Je m'assis à ma fenêtre ouverte et entourai mes cheveux défaits d'une couronne de fleurs.

Le jeune voyageur vint le long de la route dans la brume rosée du matin.

Un collier de perles était à son cou et les rayons du soleil brillaient sur sa couronne. Il s'arrêta devant ma porte et ardemment me demanda : « Où est-elle ? »

Honteuse, je ne pus lui dire : « Elle, jeune voyageur, c'est moi, c'est moi. »

Le jour tombait et la lampe n'était pas allumée. Distraitement, je tressais mes cheveux.

Le jeune voyageur vint sur son char dans le rayonnement du soleil couchant.

LE JARDINIER D'AMOUR

Ses chevaux écumaient et son vêtement était couvert de poussière.

Il descendit à ma porte et demanda d'une voix fatiguée : « Où est-elle ? »

Honteuse je ne pus lui dire : « Elle, voyageur lassé, c'est moi, c'est moi. »

Par une nuit d'avril, la lampe brûle dans ma chambre.

La brise du sud souffle doucement. Le bruyant perroquet dort dans sa cage.

Mon corsage a la couleur d'une gorge de paon et mon manteau est vert comme de la jeune herbe.

Je suis assise à terre près de la fenêtre, surveillant la rue déserte.

A travers la nuit sombre, je murmure constamment : « Elle, voyageur désespéré, c'est moi, c'est moi ! »

IX

Quand, de nuit, je vais seule à mon rendez-vous d'amour, les oiseaux ne chantent pas, le vent ne souffle pas ; des deux côtés de la rue les maisons sont silencieuses.

A chaque pas mes pieds deviennent plus lourds et je suis honteuse.

Quand je reste assise sur mon balcon et que j'écoute si j'entends venir mon bien aimé, les feuilles ne bruissent pas sur les arbres et l'eau est calme dans la rivière, comme l'épée sur les genoux de la sentinelle endormie.

C'est mon cœur qui bat follement. Je ne sais comment l'apaiser.

Quand mon bien aimé vient et s'assied près de moi, tout mon corps tremble, mes

LE JARDINIER D'AMOUR

paupières s'alourdissent ; la nuit s'assombrit ; le vent éteint la lampe et les nuages étendent des voiles sur les étoiles.

Seul le joyau de mon sein brille et répand sa clarté ; je ne sais comment la cacher.

X

Femme, laisse là ton travail. Écoute, l'hôte est arrivé.

L'entends-tu secouer doucement la chaîne qui ferme la porte ?

Ne fais pas de bruit ; ne te précipite pas à sa rencontre.

Laisse là ton travail, femme. L'hôte est venu ce soir.

Non, ce n'est pas le souffle d'un Esprit, femme, ne crains rien.

La pleine lune luit par une nuit d'avril ; les ombres, dans la cour, sont pâles ; le ciel, au dessus, est clair.

Tire ton voile sur ton visage, si tu le dois ; emporte la lampe à la porte, si tu as peur.

Non, ce n'est pas le souffle d'un Esprit, femme, ne crains rien.

LE JARDINIER D'AMOUR

Ne lui dis pas un mot, si tu es timide : tiens-toi sur le côté de la porte, quand tu l'accueilleras.

S'il te pose des questions tu peux, si tu le désires, baisser les yeux en silence.

Empêche tes bracelets de tinter quand, la lampe à la main, tu le feras entrer.

Ne lui parle pas, si tu es timide.

Femme n'as-tu pas encore fini ton ouvrage ? Écoute, l'hôte est arrivé.

N'as-tu pas allumé la lampe dans l'étable ? N'as-tu pas préparé le panier d'offrande pour le service du soir ?

N'as-tu pas mis la marque rouge de la chance sur la raie de tes cheveux, et fait ta toilette pour la nuit ?

O femme, entends-tu, l'hôte est venu.

Laisse là ton travail !

Viens comme tu es ; ne t'attardes pas à ta toilette. Si la tresse de tes cheveux s'est défaite, si ta raie n'est pas droite, si les rubans de ton corset ne sont pas attachés, qu'importe ? Viens comme tu es ; ne t'attarde pas à ta toilette.

Viens d'un pas rapide sur l'herbe.

Si la rosée fait glisser la courroie de ton pied, si les anneaux de clochettes s'entr'ouvrent sur tes chevilles, si les perles de ton collier s'égrènent, qu'importe ?

Viens, d'un pas rapide sur l'herbe.

Vois-tu les nuages qui enveloppent le ciel ? Au loin des bandes de grues s'envolent de la rive, et, par moments, de furieuses rafales se précipitent sur la lande.

Le bétail inquiet regagne les étables.

LE JARDINIER D'AMOUR

Vois-tu les nuages qui enveloppent le ciel ?

En vain, tu allumes la lampe qui sert à ta toilette ; elle vacille, et s'éteint dans le vent.

Qui peut savoir si tes paupières n'ont pas été noircies de noir de fumée ? Tes yeux sont plus sombres que les nuages de pluie.

En vain tu allumes ta lampe ; elle s'éteint.

Viens comme tu es ; ne t'attardes pas à ta toilette.

Si ta guirlande n'est pas tressée, qui s'en soucie ? Si ton bracelet n'est pas fermé, laisse-le.

Les nuages obscurcissent le ciel, il est tard. Viens comme tu es ; ne t'attarde pas à ta toilette.

XII

Si, pour t'occuper, tu veux remplir ta cruche, viens, ô viens à mon lac.

L'eau enserrera tes pieds et te babillera son secret.

L'ombre de la pluie prochaine s'étend sur les dunes et les nuages bas se reposent sur la ligne bleue des arbres comme sur tes sourcils les cheveux alourdis.

Je connais bien le rythme de tes pas, je l'entends battre dans mon cœur.

Si tu dois remplir ta cruche, viens, ô viens à mon lac.

Si paresseusement tu veux rester assise et laisser ta cruche flotter sur l'eau, viens, ô viens à mon lac.

La pente d'herbe est verte et plus loin les fleurs sauvages poussent nombreuses.

Tes pensées émigreront de tes yeux

LE JARDINIER D'AMOUR

sombres comme des oiseaux de leurs nids.

Ton voile tombera à tes pieds.

Si tu dois rester oisive, viens, ô viens à mon lac.

Si laissant tes jeux de côté, tu veux te plonger dans l'eau pure, viens, ô viens à mon lac.

Laisse sur la plage, ton manteau bleu ; l'eau plus bleue t'enveloppera toute.

Les vagues se feront très douces pour caresser ton cou et murmurer à ton oreille.

Viens, ô viens à mon lac si tu veux t'y plonger.

Si insensée, tu cours à la mort, viens, ô viens à mon lac. Il est froid et insondablement profond.

Il est sombre comme un sommeil sans rêve.

Là dans ses abîmes, les nuits et les jours ne comptent pas et les chants sont silencieux.

Viens, ô viens à mon lac si tu veux t'abîmer dans la mort.

XIII

Je ne demandais rien. Je restais debout
à la lisière du bois derrière l'arbre.

Les yeux de l'aurore étaient encore cou-
verts de langueur et la rosée était dans
l'air.

La paresseuse senteur de l'herbe était
suspendue dans le mince brouillard qui
planait sur la terre.

Pour traire la vache avec vos mains
tendres et fraîches comme du beurre, vous
étiez sous le bananier.

Je restai immobile.

Je ne dis pas un mot ; seul l'oiseau chanta
caché dans le buisson.

Les fleurs du manguier tombaient sur la
route du village et une à une les abeilles
venaient bourdonner autour d'elles.

Du côté de l'étang la grille du temple de

Shiva était ouverte et l'adorateur avait commencé ses chants.

La jarre sur vos genoux, vous trayiez la vache.

Je restai debout avec ma cruche vide.

Je ne m'approchai pas de vous.

Le jour s'éveilla avec le son du gong dans le temple.

La poussière s'éleva de la route sous les sabots des bêtes du troupeau.

Les femmes revenaient de la rivière portant sur leurs hanches leurs cruches glou-gloutantes.

Vos bracelets tintaient et l'écume du lait débordait de votre jarre.

La matinée s'écoula, et je ne m'approchai pas de vous.

XIV

Tandis qu'au crépuscule, les branches des bambous frémissaient au vent, je ne sais pourquoi je marchai sur la route.

Les ombres inclinées s'accrochaient à la lumière fugitive.

Les oiseaux étaient las de leurs chants.

Je ne sais pourquoi je marchai sur la route.

Un arbre aux branches tombantes ombrage la hutte qui est près de la rivière.

Quelqu'un y travaille. Dans le fond de la pièce on entend des bracelets tinter.

Je ne sais pourquoi je restai devant cette hutte.

La route étroite et tournante traverse des champs de moutarde et des forêts de manguiers.

LE JARDINIER D'AMOUR

Elle passe devant le temple du village et devant le marché du bord de la rivière.

Je m'arrêtai devant cette hutte, je ne sais pourquoi.

C'était une journée fraîche de mars, il y a bien, bien longtemps; le murmure du printemps était langoureux et les fleurs de manguiers tombaient sur la poussière.

L'eau bouillonnante bondissait et léchait au passage le vase de cuivre posé sur le bord.

Je pense à cette fraîche journée de mars, je ne sais pourquoi.

Les ombres se font plus profondes; le bétail rentre dans son parc. La lumière est grise sur la prairie solitaire.

Et sur la berge, les villageois attendent le bac.

Lentement, je reviens sur mes pas; je ne sais pourquoi.

XV

Je cours comme le cerf musqué, enivré de son propre parfum, court à l'ombre de la forêt.

La nuit est une nuit de mai, la brise est une brise du midi.

Je perds ma route et j'erre; je cherche ce que je ne peux trouver; je trouve ce que je ne cherche pas.

De mon cœur monte l'image de mon désir; je la vois danser devant mes yeux.

L'étincellante vision s'envole.

Je tente de la saisir; elle m'échappe et me laisse égaré.

Je cherche ce que je ne puis trouver, je trouve ce que je ne cherche pas.

XVI

Nos mains s'enlacent, nos yeux se cherchent. Ainsi commence l'histoire de nos cœurs.

C'est une nuit de mars éclairée par la lune; l'exquise odeur du henné flotte dans l'air; ma flûte est à terre abandonnée et ta guirlande de fleurs est inachevée.

Cet amour entre toi et moi est simple comme une chanson.

Ton voile couleur de safran enivre mes yeux.

La couronne de jasmin que tu me tresses réjouit mon cœur comme une louange.

C'est un jeu alterné de dons et de refus, d'aveux et de mystères; de sourires et de timidités, de douces luttes inutiles.

Cet amour entre toi et moi est simple comme une chanson.

LE JARDINIER D'AMOUR

Nul mystère au-delà du présent; nulle aspiration vers l'impossible; pur enchantement; nul tâtonnement dans la profondeur de l'ombre.

Cet amour entre toi et moi est simple comme une chanson.

Nous ne nous égarons pas, hors des paroles, dans le silence éternel. Nous ne tendons pas nos mains vers le néant des espoirs impossibles.

Il nous suffit de donner et de recevoir.

Nous n'avons pas écrasé les grappes de la jouissance jusqu'à en exprimer le vin de la douleur.

Cet amour entre toi et moi est simple comme une chanson.

XVII

Dans leur arbre, l'oiseau jaune chante et mon cœur en danse de joie.

Nous vivons tous deux dans le même village, ce qui fait notre seul bonheur.

Ses deux agneaux favoris viennent brouter à l'ombre des arbres de notre jardin.

S'ils s'égarent dans notre champ d'orge, je les prends dans mes bras.

Le nom de notre village est Khanjana et on appelle notre rivière Anjana.

Mon nom est connu de tout le village et son nom à elle est Ranjana.

Un pré seul nous sépare.

L'essaim d'abeilles qui est dans notre bocage va quérir son miel dans le leur.

Les fleurs jetées du seuil de leur demeure, flottent sur le ruisseau où nous nous baignons.

LE JARDINIER D'AMOUR

Les paniers de fleurs de *kusm* séchées viennent de leur pré à notre marché.

Le nom de notre village est Khanjana et on appelle notre rivière Anjana.

Mon nom est connu de tout le village et son nom à elle est Ranjana.

Le sentier qui mène à leur maison est, au printemps, tout odorant des fleurs du manguier.

Quand leur graine de lin est mûre pour la moisson, le chanvre est fleuri dans notre champ.

Les étoiles qui sourient au toit de leur chaumière nous éclairent d'un même scintillement.

La pluie qui remplit leur citerne rend heureuse notre forêt.

Le nom de notre village est Khanjana et on appelle notre rivière Anjana.

Mon nom est connu de tout le village et son nom à elle est Ranjana.

XVIII

Quand les deux sœurs vont puiser de l'eau, elles viennent ici et sourient.

Elles se doutent qu'*il* est là derrière les arbres, chaque fois qu'elles vont puiser de l'eau.

Les deux sœurs se chuchotent à l'oreille quand elles passent par ici.

Elles ont deviné le secret de celui qui est là derrière les arbres chaque fois qu'elles vont puiser de l'eau.

Leurs urnes se penchent subitement et l'eau se répand quand elles arrivent ici.

Elles ont découvert qu'un cœur bat, derrière les arbres, chaque fois qu'elles vont puiser de l'eau.

LE JARDINIER D'AMOUR

Les deux sœurs se regardent et sourient quand elles viennent ici.

Leurs petits pieds rapides semblent rire. Il est tout confus celui qui est là derrière les arbres chaque fois qu'elles viennent puiser de l'eau.

XIX

Vous marchiez sur le sentier du bord du ruisseau et la cruche sur votre hanche était pleine.

Pourquoi, vivement, avez-vous tourné la tête et m'avez-vous regardé à travers votre long voile flottant?

Ce brillant regard échappé de la nuit vint vers moi comme une brise qui après avoir fait frissonner l'eau se perd dans les ombres du rivage.

Ce regard vint à moi comme l'oiseau du soir qui, rapidement, vole à travers la chambre obscure, et d'une fenêtre ouverte à l'autre s'en va dans la nuit.

Vous avez disparu comme une étoile derrière les collines, et j'ai passé sur la route.

Mais pourquoi vous êtes-vous arrêtée un

LE JARDINIER D'AMOUR

instant et m'avez-vous regardé sous votre
voile pendant que vous marchiez sur le sentier du bord du ruisseau avec sur la hanche
votre cruche pleine ?

XX

Jour après jour il vient et repart.

Va et donne-lui cette fleur de mes cheveux, mon ami.

S'il demande qui l'envoie, je t'en supplie,
ne le lui dis pas, car il ne vient que pour
repartir.

Il est assis sous l'arbre, sur la poussière.

Etends pour sa couche des pétales de
fleurs et des feuilles, mon ami.

Ses yeux sont tristes et son regard peine
mon cœur.

Il ne dit pas ce qu'il pense, il vient seulement, et s'en va.

XXI

Pourquoi, au lever du jour, le jeune voyageur vint-il à ma porte ?

Chaque fois que je rentre et chaque fois que je sors, je le rencontre, et son visage captive mes yeux.

Je ne sais s'il faut lui parler ou rester silencieuse. Pourquoi est-il venu à ma porte ?

Les nuageuses nuit de juillet sont pleines d'ombre, le ciel à l'automne est d'un bleu très doux ; le vent du midi des jours du printemps est inquiet.

Sa chanson à tous moments est tissée d'airs nouveaux.

Je me détourne de mon ouvrage et mes yeux se remplissent de brouillard. Pourquoi a-t-il choisi ma porte ?

XXII

Quand rapidement elle passa près de moi, le bout de sa robe me frôla.

Comme d'une île inconnue vint de son cœur une soudaine et chaude brise de printemps.

Un souffle fugitif me caressa, et s'évanouit, tel s'envole au vent le pétale arraché à la fleur.

Il tomba sur mon cœur comme un soupir de son corps et un murmure de son âme.

XXIII

Paresseuse, pourquoi restes-tu là à jouer avec tes bracelets?

Remplis ta cruche, il est temps pour toi de rentrer.

Paresseuse, pourquoi de tes mains agites-tu l'eau, tandis que ton regard capricieux s'amuse à chercher quelqu'un sur la route.

Remplis ta cruche et rentre à la maison.

La matinée s'achève. L'eau sombre s'épanche.

Les vagues paresseuses rient et chuchotent entre elles en jouant.

LE JARDINIER D'AMOUR

Les nuages errants s'amoncellent à l'horizon sur les collines lointaines.

Ils s'attardent paresseusement à regarder ton visage et s'amusent à lui sourire.

Remplis ta cruche et rentre à la maison.

XXIV

Ne garde pas pour toi seule le secret de
ton cœur, mon amie, dis-le moi, à moi seul,
en secret.

Toi, dont le sourire est si doux, mur-
mure-moi ton secret; mon cœur seul l'en-
tendra, non mes oreilles.

La nuit est profonde, la maison silencieuse, les nids des oiseaux sont envelop-
pés de sommeil.

Dis-moi à travers tes larmes hésitantes,
à travers tes sourires troublés, à travers ta
douce honte et ta peine, le secret de ton
cœur.

XXV

Jeune homme, dis-nous pourquoi tes yeux sont pleins de folie ?

Je ne sais quel vin de pavots sauvages j'ai bu, pour qu'il y ait cette folie dans mes yeux.

Honte à toi !

Il y a des sages et des fous, des prévoyants et des insouciants. Il y a des yeux qui sourient et des yeux qui pleurent et mes yeux sont pleins de folie !

Jeune homme, pourquoi restes-tu si tranquille à l'ombre de cet arbre ?

Mes pieds sont lourds du fardeau de mon cœur ; et je me repose à l'ombre de cet arbre.

Honte à toi.

Certains suivent la route, d'autres flânent, certains sont libres, d'autres sont enchaînés, et mes pieds sont lourds du fardeau de mon cœur.

XXVI

Ce que tu m'offres volontiers, je le prends,
je ne demande rien de plus.

Oui, oui, je te connais, modeste qué-
mandeur, tu veux tout ce que j'ai.

Si je puis avoir cette fleur égarée, je la
porterai sur mon cœur.

Et si elle a des épines?

Je les endurerai.

Oui, oui, je te connais, modeste quéman-
deur, tu veux tout ce que j'ai.

Un regard de tes yeux amoureux ren-
drait ma vie douce pour l'éternité.

Et si mon regard est cruel?

Je garderai sa blessure dans mon cœur.

Oui, oui, je te connais, modeste quéman-
deur, tu veux tout ce que j'ai.

XXVII

Crois à l'amour, même s'il est une source
de douleur.

Ne ferme pas ton cœur.

Non, mon ami, vos paroles sont obscures,
je ne puis les comprendre.

Le cœur n'est fait que pour se donner
avec une larme et une chanson, mon
aimée.

Non, mon ami, vos paroles sont obscures,
je ne puis les comprendre.

La joie est frêle comme une goutte de
rosée, en souriant elle meurt. Mais le cha-
grin est fort et tenace. Laisse un doulou-
reux amour s'éveiller dans tes yeux.

Non, mon ami, vos paroles sont obscures,
je ne puis les comprendre.

LE JARDINIER D'AMOUR

Le lotus préfère s'épanouir au soleil et mourir, plutôt que de vivre en bouton un éternel hiver.

Non, mon ami, vos paroles sont obscures, je ne puis les comprendre.

XXVIII

Votre regard anxieux est triste. Il cherche à connaître ma pensée.

La lune aussi veut pénétrer la mer.

Vous connaissez toute ma vie, je ne vous ai rien caché. Voilà pourquoi vous ignorez tout de moi.

Si ma vie était une gemme, je la briserais en cent morceaux, et de ces parcelles, je vous ferais un collier que je mettrais à votre cou.

Si ma vie n'était qu'une fleur, douce et menue, je la cueillerais de sa tige pour la poser dans vos cheveux.

Mais elle est un cœur, mon aimée. Où sont ses limites ?

Vous ne connaissez pas les bornes de ce royaume et cependant vous en êtes la reine.

Si mon cœur n'était que plaisir, vous le

LE JARDINIER D'AMOUR

verriez fleurir en un sourire heureux et vous le pénètreriez en un instant.

S'il n'était que souffrance, il fondrait en larmes limpides, reflètant sans un mot son secret.

Mais il est amour, ma bien-aimée.

Son plaisir et sa peine sont illimités, sa misère et sa richesse sont éternelles.

Il est aussi près de vous que votre vie même, mais jamais vous ne le connaîtrez tout entier.

XXIX

Parles-moi, mon amour! Dis-moi les mots que tu chantais.

La nuit est sombre, les étoiles sont perdues dans les nuages. Le vent soupire à travers les feuilles.

Je dénouerai ma chevelure. Mon manteau bleu m'enveloppera de nuit. Je presserai ta tête contre mon sein; et là, dans la douce solitude, je parlerai bas à ton cœur. Je fermerai mes yeux et j'écouterai. Je ne regarderai pas ton visage.

Quand tes paroles auront cessé, nous resterons silencieux et tranquilles : Les arbres seuls chuchoteront dans les ténèbres.

La nuit pâlira, le jour naîtra. Nous nous regarderons tous deux dans les yeux et nous continuerons nos routes différentes.

Parle-moi, mon amour, dis-moi les mots que tu chantais.

XXX

Vous êtes le nuage du soir qui flotte dans le ciel de mes rêves.

Je vous façonne et vous crée selon les désirs de mon amour.

Vous êtes mienne, habitante de mes rêves infinis.

Vos pieds sont rosés de la gloire de mon désir, ô glaneuse de mes chants du soir.

Vos lèvres sont amères et douces du vin de ma douleur.

Vous êtes mienne, habitante de mes rêves solitaires.

C'est l'ombre de mes passions qui assombrit vos yeux. Vous êtes l'hallucination de mon regard.

LE JARDINIER D'AMOUR

Je vous ai saisie et enveloppée dans le filet de mes chants, ô mon amour.

Vous êtes mienne, habitante de mes rêves immortels.

XXXI

Mon cœur, oiseau du désert, a trouvé
son ciel dans tes yeux.

Ils sont le berceau du matin, ils sont le
royaume des étoiles.

Leur abime engloutit mes chants.

Dans ce ciel immense et solitaire laisse-
moi planer. Laisse-moi fendre ses nuages
et déployer mes ailes dans son soleil.

XXXII

Dis-moi si tout cela est vrai, mon bien-aimé, dis-moi si cela est vrai.

Quand brille l'éclair de mes yeux, de sombres nuages orageux s'amassent-ils dans ton cœur ?

Est-il vrai que mes lèvres te soient douces comme l'épanouissement de ton premier amour ?

La souvenance des mois évanouis de Mai languit-elle dans mes veines ?

La terre comme une harpe, frissonne-t-elle de chansons au toucher de mes pieds ?

Est-il vrai, qu'à ma vue les gouttes de rosée tombent des yeux de la nuit et que la lumière du matin est heureuse de m'envelopper ?

Est-il vrai, est-il vrai que, solitaire, ton amour m'a cherchée à travers les siècles et les mondes ?

LE JARDINIER D'AMOUR

Et que, m'ayant trouvée, ton long désir fût apaisé par mes douces paroles, par mes yeux, par mes lèvres et mes cheveux flottants ?

Est-il donc vrai que le mystère de l'Infini est écrit sur ce petit front ?

Dis le moi, mon-bien aimé, tout cela est-il vrai ?

XXXIII

Je t'aime, mon bien-aimé. Pardonne-moi mon amour. Oiseau égaré tu m'as prise. Mon cœur a été si ébranlé que son voile est tombé.

Couvre-le de pitié, mon bien-aimé et pardonne-moi mon amour.

Si tu ne peux m'aimer, bien-aimé, pardonne-moi ma douleur.

Ne me regarde pas de loin avec mépris. Je me blottirai dans mon coin et je resterai assise dans la nuit. De mes deux mains, je couvrirai ma honte.

Détourne-toi de moi, bien-aimé, et pardonne-moi ma douleur.

Si tu m'aimes, bien-aimé, pardonne-moi ma joie.

Quand mon cœur est emporté dans le

LE JARDINIER D'AMOUR

torrent du bonheur, ne souris pas à mon
périlleux abandon.

Quand assise sur mon trône, je te gou-
verne avec la tyrannie de mon amour ;
quand, telle une déesse je t'accorde mes
faveurs, supporte mon orgueil, bien-aimé,
et pardonne-moi ma joie.

XXXIV

Ne pars pas, mon amour, sans prendre congé de moi.

Toute la nuit j'ai veillé, et maintenant mes yeux sont lourds de sommeil.

Je crains de te perdre si je m'endors.

Ne pars pas, mon amour, sans prendre congé de moi.

Je tressaille et j'étends mes mains pour te toucher.

Je me demande : Est-ce un rêve ?

Que ne puis-je emmêler tes pieds avec mon cœur et les tenir pressés contre mes seins !

Ne pars pas, mon amour, sans prendre congé de moi.

XXXV

De peur que je n'apprenne à te connaître
trop facilement, tu joues avec moi.

Tu m'éblouis de tes éclats de rire pour
cacher tes larmes.

Je connais tes artifices.

Jamais tu ne dis le mot que tu voudrais
dire.

De peur que je ne t'apprécie pas, tu m'é-
chappes de cent façons.

De peur que je te confonde avec la foule,
tu te tiens seule à part.

Je connais tes artifices.

Jamais tu ne prends le chemin que tu
voudrais prendre.

Tu demandes plus que les autres, c'est
pourquoi tu es silencieuse.

LE JARDINIER D'AMOUR

Avec une folâtre insouciance, tu évites mes dons.

Je connais tes artifices.

Jamais tu ne prends ce que tu voudrais prendre.

XXXVI

Il murmura : Mon amour lève les yeux.

Je le grondai et lui dis : Va ! Mais il ne bougea pas.

Il resta devant moi et garda mes deux mains dans les siennes. Je dis : Laisse-moi ! Mais il ne s'en alla pas.

Il approcha son visage près du mien. Je le regardai et lui dis : Quelle honte ! Mais il ne fit pas un mouvement.

Ses lèvres frôlèrent ma joue.

Je tremblai et je dis : Tu oses trop ! Mais il n'eut pas honte.

Il mit une fleur dans mes cheveux. Je dis : C'est inutile ! Mais il ne se troubla pas.

Il prit la guirlande de mon cou et s'en alla. Je pleure et je demande à mon cœur : Pourquoi ne revient-il pas !

XXXVII

Vous voulez mettre autour de mon cou votre guirlande de fraîches fleurs ? ô ma beauté !

Soit ! mais sachez que la seule couronne que j'aie tressée est pour celles que l'on voit apparaître dans des rayons de lumière, qui habitent des contrées inexplorées et qui vivent dans les chants des poëtes.

Il est trop tard pour me demander mon cœur en échange du vôtre.

Il fut un temps où tout le parfum de ma vie était concentré comme dans le bouton d'une fleur.

Maintenant il est éparpillé loin à tous les vents.

Qui connaît l'enchantement capable de le recueillir et de le renfermer.

Mon cœur n'est pas à moi pour que je le donne à une seule ; il appartient à plus d'une.

70

XXXVIII

Mon amour, il fut un temps où ton poëte
s'était lancé dans la composition d'un
grand poëme épique.

Hélas ! Je ne fus pas assez prudent : Mon
poëme heurta tes chevilles harmonieuses
et y trouva sa perte.

Il se brisa en morceaux de chansons qui
s'éparpillèrent à tes pieds.

Toute ma cargaison de vieilles histoires
de guerre devint le jouet des vagues rail-
leuses et, trempée de larmes, sombra.

Mon amour, transforme pour moi cette
perte en un bien.

Si mes droits à une gloire éternelle après
la mort sont anéantis, rends-moi immortel
tandis que je vis.

Et je ne me lamenterai pas sur ma perte,
ni ne te blâmerai.

XXXIX

Toute la matinée, j'essayai de tresser une couronne, mais les fleurs glissaient et s'échappaient de mes doigts.

Vous étiez là assise et vous m'examiniez du coin de l'œil.

Demandez à cet œil sombre de malice, à qui la faute.

J'essaye de chanter une chanson, mais c'est en vain.

Un sourire caché tremble sur vos lèvres ; demandez-lui la raison de mon insuccès.

Laissez vos lèvres souriantes dire comment ma voix s'est perdue dans le silence, telle une abeille ivre au sein d'un lotus.

C'est le soir ; il est l'heure pour les fleurs de clore leurs pétales.

LE JARDINIER D'AMOUR

Laissez-moi m'asseoir à vos côtés et ordonnez à mes lèvres d'accomplir leur office dans le silence de la nuit, à la clarté diffuse des étoiles.

XL

Un sourire d'incrédulité voltige dans vos yeux quand je viens vous dire adieu.

Si souvent je l'ai fait que vous pensez me voir bientôt revenir.

En vérité, je le crois aussi.

Car les jours de printemps reviennent saison après saison ; la lune nous quitte pour nous rendre à nouveau visite ; les fleurs sur les branches s'épanouissent à chaque nouvelle année. Il est probable que mon adieu aussi n'est qu'un au revoir.

Mais gardez un instant l'illusion. Ne la rejetez pas avec une hâte impolie.

Quand je dis que je vous quitte pour toujours, acceptez-le comme vrai et laissez un brouillard de larmes rembrunir un moment la frange sombre de vos yeux.

Puis, quand je reviendrai, vous sourirez aussi malicieusement que vous voudrez.

XLI

Il me tarde de vous dire les mots les plus profonds. Je n'ose pas ; je crains votre rire.

C'est pourquoi je me moque de moi-même et fais éclater mon secret en plaisanteries.

Je fais fi de ma peine, de peur que vous n'en fassiez fi vous-même.

Il me tarde de vous dire les mots les plus sincères ; je n'ose pas ; j'ai peur que vous ne les croyiez pas.

Voilà pourquoi je les déguise en mensonges, disant le contraire de ce que je pense.

Je fais paraître absurde ma douleur, de peur que vous ne la traitiez d'absurde vous-même.

LE JARDINIER D'AMOUR

Il me tarde d'employer pour vous les mots les plus précieux ; mais je n'ose pas craignant de n'être pas payé de retour.

C'est pourquoi je vous donne des noms durs et me vante de mon insensibilité.

Je vous peine, de peur que vous ne connaissiez jamais la peine.

Il me tarde d'être assis silencieusement auprès de vous ; mais je n'ose pas de peur que mes lèvres ne trahissent mon cœur.

C'est pourquoi je bavarde et je jase, cachant mon cœur derrière mes paroles.

Je traite durement ma souffrance, de peur que vous ne la traitiez de même.

Il me tarde de m'éloigner de vous ; mais je n'ose pas, de peur que vous ne vous aperceviez de ma lâcheté.

C'est pourquoi je porte la tête haute et viens vers vous d'un air indifférent.

La provocation constante de vos regards renouvelle à chaque instant ma douleur.

XLII

O Folie, superbe ivrognesse, quand, d'un coup de pied tu ouvres ta porte et badines devant le public ;

quand tu vides ton sac en une nuit et fais la nique à la prudence ;

quand, sans rime ni raison, tu marches dans d'étranges sentiers et joues avec des babioles ;

quand, naviguant au milieu des orages, tu casses en deux ton gouvernail ;

... alors, je te suis, ma camarade, je m'enivre avec toi et je me donne au diable.

J'ai perdu mes jours et mes nuits dans la compagnie de sages et honnêtes voisins.

Beaucoup de savoir a grisonné mes cheveux et beaucoup de veilles ont obscurci mon regard.

Pendant des années j'ai recueilli et

entassé des bribes et des morceaux de science :

que maintenant je les écrase, que je danse sur eux et que je les jette à tous les vents.

Car je sais que la suprême sagesse est d'être ivre et de se donner au diable.

Que s'évanouissent tous les scrupules trompeurs. Laissez-moi désespérément perdre ma route.

Qu'un transport de vertige sauvage vienne et me balaye loin du port.

Le monde est peuplé de gens honorables, de travailleurs utiles et habiles.

Il y a des hommes qui se tiennent aisément au premier rang ; d'autres qui occupent décemment le second.

Laissez-les être utiles et prospères et laissez-moi être futile et fou.

Car, je le sais, là est la fin de tous les travaux : être ivre et se donner au diable.

Je jure de renoncer désormais à toute prétention de dignité et de décence.

LE JARDINIER D'AMOUR

J'abandonne mon orgueil de savoir et mon jugement du vrai et du faux.

Je brise le réceptacle de mes souvenirs, éparpillant jusqu'aux dernières gouttes de mes larmes.

Je me plonge dans l'écume du vin rouge des baies et j'en illumine mon rire.

La politesse et la gravité, je les déchire en lambeaux.

Je fais le serment sacré d'être indigne, d'être ivrogne et d'aller au diable.

XLIII

Non, mes amis, vous aurez beau dire, jamais je ne me ferai ascète.

Jamais je ne me ferai ascète, si elle ne prononce les mêmes vœux que moi.

Je suis fermement décidé à ne devenir ascète que si je trouve un abri bien ombragé et une compagne de pénitence.

Non, mes amis, jamais je ne quitterai mon foyer et ma chère maison, pour me retirer dans la forêt solitaire, si nul rire joyeux ne résonne dans l'écho de son ombre, si le vent n'y fait pas flotter le pan d'un manteau couleur de safran, si son silence n'est pas rendu plus profond par de doux murmures.

Décidément, je ne serai jamais ascète.

XLIV

Pardonnez, mon révérend à deux pécheurs. Aujourd'hui les vents du printemps soufflent en tourbillons, balayant la poussière et les feuilles mortes, et avec elles vos leçons.

Ne dites pas, mon père, que la vie est vanité.

Car, pour un jour, nous avons fait trêve avec la mort et, pour quelques heures parfumées, nous sommes tous deux devenus immortels.

Si même l'armée du roi venait et furieusement se jetait sur nous, nous nous contenterions de secouer tristement la tête et de dire : « Frères, vous nous dérangez. Si vous voulez jouer à ces jeux bruyants, allez plus loin faire cliqueter vos armes. C'est seulement pour quelques instants

fugitifs que nous sommes devenus immortels. »

Si des amis venaient nous entourer, nous
les saluerions humblement et leur dirions :
Cette bonne fortune nous met dans un grand
embarras. Dans le ciel infini, la place est
restreinte où nous demeurons. Car, au printemps, les fleurs pullulent et les ailes beso-
gneuses des abeilles se frôlent. Ce petit
ciel où nous demeurons seuls, nous deux
immortels, est trop absurdement étroit.

XLV

Convives, que l'ordre de Dieu doit disperser, sans que nulle trace n'en reste dans ce monde,

Prenez, avec un sourire, ce qui est facile et simple et près de vous.

Aujourd'hui, c'est la fête des fantômes qui ne savent pas l'heure de leur mort.

Que votre rire ne soit qu'une gaieté irraisonnée comme les scintillements de la lumière sur les rides de l'eau.

Laissez votre vie danser avec légèreté sur les bords du Temps, comme la rosée à la pointe de la feuille.

Tirez, des cordes de la harpe, des sons qui soient des rythmes passagers.

XLVI

Vous m'avez quitté et vous avez continué votre route.

Je croyais que je pleurerais sur vous et que j'enchâsserais dans mon cœur votre image tissée en une chanson d'or pur.

Mais hélas, triste fortune, le temps est court.

La jeunesse pâlit d'année en année.

Les jours du printemps sont fugitifs.

Un rien fait mourir les frêles fleurs et le sage me dit que la vie n'est qu'une goutte de rosée posée sur la feuille du lotus.

Dois-je oublier tout ceci pour chercher celle qui s'est détournée de moi ?

Ce serait folie, car le temps est court.

Venez, nuits pluvieuses aux pieds mouillés, souriez mon automne d'or ; venez avril

LE JARDINIER D'AMOUR

nonchalant, qui répandez vos baisers au loin.

Venez tous!

Mes amours, vous savez que nous sommes mortels.

Est-il sage de briser son cœur pour celle qui emporte le sien? Non, car le temps est court.

Il est doux d'être assis dans un coin solitaire, de rêver et d'écrire en vers que vous êtes toute ma vie.

Il est héroïque de chérir sa propre douleur et d'être décidé à ne pas s'en consoler.

Mais un frais visage guette à ma porte et lève les yeux sur moi.

Je ne peux qu'essuyer mes larmes et changer l'accord de mon chant.

Car le temps est court.

XLVII

— Puisque tu le veux, je cesserai de chanter.

— Si mon regard fait battre ton cœur, je détournerai mes yeux de ton visage.

— Si de me rencontrer, tu tressailles, je m'écarterai vers un autre sentier.

Si ma présence te gêne quand tu tresses des fleurs, je fuirai ton jardin solitaire.

Si l'eau de la rivière s'agite tumultueuse au passage de ma barque, je ne ramerai plus vers ta rive.

XLVIII

Délivre-moi des chaînes de ta tendresse,
ô mon amour. Ne me verse plus le vin de
tes baisers.

Cette vapeur de lourd encens oppresse
mon cœur.

Ouvre les portes ; fais de la place pour la
lumière du matin.

Je suis perdu en toi ; enveloppé dans les
plis de tes caresses.

Délivre-moi de tes sortilèges. Rends-moi
la virilité ; alors je t'offrirai un cœur libéré.

XLIX

Je tiens ses mains ; je la presse sur mon
cœur ;

J'essaye d'emplir mes bras de sa beauté ;
de butiner son doux sourire sous mes baisers ; de boire avidement son regard sombre.

Hélas ! où est tout cela ? Qui peut vio-
lenter l'azur du ciel ?

Je veux étreindre la beauté ; elle m'é-
chappe ; le corps seul reste dans mes mains.

Déçu et fatigué, je reprends ma route.

Comment le corps toucherait-il la fleur,
que seul l'esprit peut toucher ?

L

Mon aimée, mon cœur, nuit et jour, brûle de te rencontrer comme on rencontre la mort dévorante.

Que je sois balayé par toi comme par une tempête. Prends tout ce que j'ai ; détruis mon sommeil et ravis mes rêves. Dérobe-moi ma vie.

Par cette dévastation, par ce dépouillement total de mon âme, devenons un seul être de beauté...

Hélas ! mon désir est vain. Où est l'espoir de communion complète sinon en toi, mon Dieu ?

LI

Finis ta dernière chanson et partons.

Oublie cette nuit puisque voilà le jour.

Qui cherchè-je à presser dans mes bras ? Les rêves ne peuvent s'emprisonner. Mes mains ardentes pressent le vide sur mon cœur.

Et mon sein en est tout meurtri.

LII

Pourquoi la lampe s'est-elle éteinte ?

Je l'entourai de mon manteau pour la mettre à l'abri du vent ; c'est pour cela que la lampe s'est éteinte.

Pourquoi la fleur s'est-elle fanée ?

Je la pressai contre mon cœur avec inquiétude et amour ; voilà pourquoi la fleur s'est fanée.

Pourquoi la rivière s'est-elle tarie ? Je mis une digue en travers d'elle afin qu'elle me servît à moi seul ; voilà pourquoi la rivière s'est tarie.

Pourquoi la corde de la harpe s'est-elle cassée ?

J'essayai de donner une note trop haute pour son clavier ; voilà pourquoi la corde de la harpe s'est cassée.

LIII

Pourquoi, d'un regard, me rendez-vous confus ?

Je ne suis pas venu en mendiant.

Je n'ai stationné qu'une heure au bout de votre cour, derrière la haie du jardin.

Pourquoi, d'un regard, me rendre confus ?

Je n'ai pas cueilli une rose de votre jardin ;

Je n'y ai pas pris un fruit.

Je me suis humblement abrité dans l'ombre du sentier, où tout voyageur étranger peut s'arrêter.

Je n'ai pas cueilli une rose.

Oui, j'étais fatigué et la pluie tombait.

Le vent pleurait dans les branches agitées des bambous.

LE JARDINIER D'AMOUR

Les nuages couraient dans le ciel comme
un bataillon en déroute.

J'étais fatigué.

Je ne sais si vous pensiez à moi, ou qui
vous attendiez sur le seuil.

Des éclairs brillaient dans vos yeux
guetteurs.

Comment pouvais-je savoir que vous me
voyiez dans la nuit ?

Je ne sais si vous pensiez à moi.

La journée est finie ; la pluie a cessé.

Je quitte l'ombre de l'arbre au bout de
votre jardin et le banc sur l'herbe.

La nuit est venue ; fermez votre porte.
Je continue ma route ; la journée est finie.

LIV

Où cours-tu avec ton panier, ce soir,
quand le marché est terminé ? Tous les
acheteurs sont rentrés ; la lune se lève sur
les arbres du village.

L'écho des voix appelant le bac traverse
l'eau sombre jusqu'au marais lointain où
dorment les canards sauvages.

Où cours-tu ainsi avec ton panier, quand
le marché est terminé ?

Les doigts du sommeil ont fermé les
yeux de la terre.

Les nids des corbeaux sont silencieux et
le murmure des feuilles de bambou s'est tu.

Les laboureurs, de retour des champs,
étendent leurs nattes dans la cour des
fermes.

Où cours-tu avec ton panier quand le
marché est terminé ?

LV

Il était midi quand vous êtes parti.

Le soleil était ardent dans le ciel. J'avais fini mon ouvrage et j'étais assise solitaire sur mon balcon, quand vous êtes parti.

Des coups de vent m'apportaient, par instants, les parfums des prés éloignés.

Dans l'ombre les colombes roucoulaient sans se lasser et une abeille égarée dans ma chambre fredonnait les nouvelles des champs lointains.

Le village dormait dans la chaleur de midi.

La route était déserte.

Par accès soudains le bruissement des feuilles s'élevait puis s'évanouissait.

Je regardais le ciel et, tandis que le village dormait dans la chaleur de midi, je tissais dans le bleu les lettres d'un nom aimé.

LE JARDINIER D'AMOUR

J'avais oublié de tresser mes cheveux. La brise nonchalante s'y jouait sur ma joue.

La rivière coulait tranquille sous sa rive ombragée. Les blancs nuages paresseux ne bougeaient pas.

J'avais oublié de tresser mes cheveux.

Il était midi quand vous êtes parti.

La poussière de la route était chaude et les prés haletants.

Les tourterelles roucoulaient dans l'épaisseur des feuilles.

J'étais seule sur mon balcon quand vous êtes parti.

LVI

J'étais, avec mes compagnes, occupée aux obscures tâches journalières de la maison.

Pourquoi m'avez-vous remarquée et m'avez-vous fait quitter le frais abri de notre vie commune ?

L'amour inexprimé est sacré. Il brille comme une gemme dans l'ombre secrète du cœur. A la lumière du jour indiscret, il s'assombrit piteusement.

Ah ! vous avez brisé l'enveloppe de mon cœur et arraché mon amour à son mystère, détruisant à jamais l'ombre chère où il cachait son nid.

Mes compagnes, elles, restent les mêmes. Personne n'a pénétré leur être intime et elles ne connaissent pas leur propre secret.

LE JARDINIER D'AMOUR

Légèrement elles sourient et pleurent,
et babillent et travaillent. Journellement
elles vont au temple, allument leurs lampes
et cherchent de l'eau à la rivière.

J'espérais que mon amour ne souffrirait
pas la honte frissonnante de l'abandon.
Mais vous détournez votre visage.
Oui, la route est ouverte devant vous ;
mais vous m'avez coupé toute retraite et
laissée nue devant le monde, dont les yeux
sans paupières me fixent nuit et jour.

LVII

O Monde, j'ai cueilli ta fleur !

Je l'ai pressée contre mon cœur et son épine m'a piqué.

Au sombre déclin du jour la fleur s'est fanée, mais la douleur a persisté.

O monde bien des fleurs te reviendront parfumées et glorieuses.

Mais l'heure de cueillir des fleurs est passée pour moi et dans la nuit sombre, je n'ai plus ma rose ; sa douleur seule persiste.

LVIII

Un matin, dans le jardin, une enfant aveugle vint m'offrir une guirlande posée sur une feuille de lotus.

Je la mis autour de mon cou et des larmes vinrent à mes yeux.

J'embrassai l'enfant et je lui dis : tu es une fleur et les fleurs sont aveugles : tu ne peux connaître la beauté de ton présent.

LIX

O femme tu n'es pas seulement le chef-
d'œuvre de Dieu, tu es aussi celui des
hommes : ceux-ci te parent de la beauté
de leurs cœurs.

Les poëtes tissent tes voiles avec les fils
d'or de leur fantaisie ; les peintres immor-
talisent la forme de ton corps.

La mer donne ses perles, les mines leur
or, les jardins d'été leurs fleurs pour t'em-
bellir et te rendre plus précieuse.

Le désir de l'homme couvre de gloire ta
jeunesse.

Tu es mi-femme et mi-rêve.

LX

Dans le tourbillon et le fracas de la vie, ô Beauté taillée dans la pierre, tu restes muette et tranquille, solitaire et lointaine.

A tes pieds l'éternel Amour murmure : « parle, parle-moi mon adorée ; parle, ma bien-aimée. »

Mais tes paroles restent figées dans la pierre, ô insensible Beauté.

LXI

Paix, mon cœur, que l'heure de la séparation soit douce ;

Que ce ne soit pas une mort, mais un
accomplissement.

Vivons du souvenir de notre amour et
que notre douleur se change en chansons.

Que l'envolement dans le ciel finisse par
le repliement des ailes sur le nid.

Que la dernière étreinte de nos mains
soit aussi douce que la fleur de la nuit.

Attarde-toi, belle fin de notre amour
et dis-nous dans le silence, tes dernières
paroles.

Je m'incline et j'élève ma lampe pour
éclairer ta route.

LXII

Dans le sombre chemin d'un rêve j'ai cherché celle que j'aimais dans une vie antérieure :

Sa maison était située au bout d'une rue désolée.

Dans la brise du soir son paon favori sommeillait sur son perchoir et les pigeons étaient silencieux dans leur coin.

Elle posa sa lampe près du seuil et se tint debout devant moi.

Elle leva ses grands yeux vers moi et en silence demanda : « Êtes-vous bien, mon ami ? »

J'essayai de lui répondre, mais j'avais perdu l'usage de la parole.

Je cherchais, je cherchais en vain.

Je ne savais plus nos noms.

Des larmes brillèrent dans ses yeux.

LE JARDINIER D'AMOUR

Elle me tendit sa main droite. Je la pris et demeurai silencieux.

Notre lampe vacilla dans la brise du soir et s'éteignit.

LXIII

Voyageur, dois-tu déjà partir ?

La nuit est tranquille et les ténèbres défaillent sur la forêt.

Les lampes sont brillantes sur notre balcon, les fleurs sont fraîches et les jeunes yeux s'éveillent à peine.

Le temps de ton départ est-il déjà venu ?

Voyageur, dois-tu déjà partir ?

Nous n'avons pas entouré tes pieds de nos bras suppliants.

Les portes sont ouvertes ; ton cheval tout sellé t'attend à la grille.

Nous n'avons tenté de te retenir qu'avec nos chansons.

Nos regards seuls ont cherché à retarder ton départ.

Voyageur, nous sommes impuissants à te garder ; nous n'avons que nos larmes.

LE JARDINIER D'AMOUR

Quel feu dévorant brille dans tes yeux ?

Quel fièvre d'inquiétude court dans ton sang ?

Quel appel des ténèbres te pousse ?

Parmi les étoiles du ciel, quelle terrible incantation as-tu lue, pour que la nuit, étrange et silencieuse messagère, ait secrèment pénétré dans ton cœur ?

Si tu dédaignes les réunions joyeuses, si tu désires la paix, cœur lassé, nous éteindrons nos lampes et ferons taire nos harpes.

Nous resterons assises, tranquilles dans la nuit, sous le bruissement des feuilles et la lune dolente épandra ses rayons pâles à ta fenêtre.

O voyageur, de quel esprit d'insomnie le cœur de la nuit t'a-t-il touché ?

LXIV

J'ai passé ma journée dans l'ardente
poussière de la route.

A la fraîcheur du soir, je frappe à la porte
de l'auberge. Elle est déserte et en ruines.

Un « Ashath » morose étend ses racines
agrippantes et affamées dans les crevasses
béantes du mur.

Il fut un temps où les passants venaient
ici laver leurs pieds fatigués :

Ils étendaient leurs nattes dans la cour
et, assis sous la lumière diffuse d'une lune
tôt levée, ils parlaient de pays inconnus.

Au matin, reposés, ils s'éveillaient, mis
en joie par le chant des oiseaux, et les
fleurs amicales inclinaient vers eux la tête
du bord du chemin.

Maintenant aucune lampe allumée ne
m'attend ici.

LE JARDINIER D'AMOUR

Sur le mur, les tâches noires de la fumée, traces de veillées lointaines, me regardent de leurs yeux aveugles.

Quelques lucioles volètent dans le buisson près de l'étang desséché et des branches de bambous étendent leurs ombres sur le chemin envahi par l'herbe.

C'est la fin du jour ; je ne suis l'hôte de personne et, fatigué, j'ai la longue nuit devant moi.

LXV

Est-ce ta voix que j'entends ?

Le soir est venu. Comme les bras suppliants d'une amoureuse, la fatigue m'é-
treint.

M'appelles-tu ?

Je t'ai donné toute ma journée ; veux-tu
me voler aussi mes nuits, maîtresse cruelle?

Pourtant il y a une fin à tout et la solitude de la nuit est à chacun.

Pourquoi ta voix la déchire-t-elle et vient-
elle embraser mon cœur ?

Le soir n'a-t-il, à ton seuil, nulle musique
berceuse?

Les Etoiles aux ailes silencieuses ne
montent-elles jamais au dessus de ta hau-
taine tour ?

LE JARDINIER D'AMOUR

Les fleurs de ton jardin ne tombent-elles jamais dans la poussière en douce agonie?

Pourquoi m'appelles-tu, ô chère tourmentée?

Laisse donc les doux yeux de l'amour veiller et pleurer en vain.

Laisse brûler ta lampe dans la maison solitaire.

Laisse le bac ramener chez eux les laboureurs fatigués...

... Je quitte mes rêves et j'accours à ton appel.

LXVI

Un fou vagabondait, cherchant la pierre philosophale, les cheveux emmêlés, hâlé. couvert de poussière, le corps réduit à une ombre, les lèvres aussi serrées que la porte close de son cœur et les yeux brûlants comme la lampe du ver luisant qui cherche sa compagne.

Devant lui grondait l'océan immense.

Les vagues babillardes racontaient les trésors cachés dans leur sein et se moquaient de l'ignorant qui ne savait pas les comprendre.

Il allait, lui, sans espoir et sans repos, poursuivant la recherche qui était devenue sa vie.

Pareil à l'Océan qui, toujours, se dresse vers le ciel pour atteindre l'inaccessible.

LE JARDINIER D'AMOUR

Pareil aux Étoiles qui tournent en cercle aspirant à un but jamais atteint.

Ainsi, sur la plage déserte, le fou aux boucles fauves de poussière, errait cherchant la pierre philosophale.

Un jour, un gamin du village s'approcha et lui dit : « Comment as-tu trouvé cette chaîne d'or qui te ceint la taille ? »

Le fou tressaillit ; la chaîne autrefois en fer s'était changée en or ! Il ne rêvait pas, mais comment cette transformation s'était-elle faite ?

Sauvagement il se frappa le front : où, mais où avait-il, sans le savoir, réalisé son rêve ?

Il avait pris l'habitude d'éprouver les pierres qu'il ramassait en les frappant contre sa chaîne, et de les rejetter ensuite machinalement, sans regarder si quelque changement s'était produit ; c'était ainsi que le pauvre fou avait trouvé et perdu la pierre philosophale.

LE JARDINIER D'AMOUR

Le soleil disparaissait ; à l'occident le ciel était d'or.

Anéanti, brisé de corps et d'esprit, semblable à un arbre déraciné, le fou se remit à chercher le trésor perdu.

LXVII

Malgré le soir qui s'avance à pas lents
et qui fait taire toutes les chansons ;

Malgré le départ de tes compagnes et ta
fatigue ;

Malgré la peur qui court dans les ténèbres ; malgré le ciel voilé ;

Oiseau, ô mon oiseau écoute-moi ; ne
ferme pas tes ailes.

L'obscurité qui t'environne n'est pas
celle des feuilles de la forêt ; c'est la mer
qui se gonfle comme un immense serpent
noir.

Les fleurs du jasmin ne dansent pas
devant toi ; c'est l'écume des vagues qui
étincelle.

Ah ! où est la rive verte et ensoleillée ?
où est ton nid ?

LE JARDINIER D'AMOUR

Oiseau, ô mon oiseau écoute-moi ; ne ferme pas tes ailes.

La nuit solitaire s'étend sur le sentier ; l'aurore someille derrière les collines pleines d'ombre ; les étoiles muettes comptent les heures ; la lune pâlie baigne dans la nuit profonde.

Oiseau, ô mon oiseau écoute-moi, ne ferme pas tes ailes.

Pour toi il n'y a ni espoir ni crainte ; il n'y a pas de paroles, pas de murmures, pas de cris.

Il n'y a ni abri, ni lit de repos...

Il n'y a que ta paire d'ailes et le ciel infini.

Oiseau, ô mon oiseau, écoute-moi : ne ferme pas tes ailes.

LXVIII

Frère, nul n'est éternel et rien ne dure.
Frère, garde ceci dans ton cœur et réjouis-
toi.

D'autres que nous ont porté l'antique
fardeau de la vie ; d'autres que nous ont
fait le long voyage.

Un poëte ne peut chanter toujours la
même ancienne chanson.

La fleur se fane et meurt ; mais celui
qui la portait ne doit pas à toujours pleurer
sur son sort.

Frère garde ceci dans ton cœur et réjouis-
toi.

Il faut un long silence pour tisser une
harmonie parfaite.

La vie s'évanouit au coucher du soleil
pour s'anéantir dans les ombres dorées.

LE JARDINIER D'AMOUR

L'amour doit quitter ses feux pour boire
à la coupe de la douleur et renaître dans le
ciel des larmes,

Frère, garde ceci dans ton cœur et réjouis-
toi.

Nous nous hâtons de cueillir nos fleurs
de peur qu'elles ne soient saccagées par le
vent qui passe.

Ravir un baiser, qui s'évanouirait dans
l'attente, fait bouillir notre sang et briller
nos yeux.

Notre vie est intense, nos désirs sont
aiguisés car le temps sonne la cloche de la
séparation.

Frère, garde ceci dans ton cœur et réjouis-
toi.

La beauté nous est douce, parce qu'elle
danse au même rythme fuyant que notre
vie.

Le savoir nous est précieux parce que
jamais nous ne pourrons atteindre à la

la science suprême. Tout est fait et tout est achevé dans l'Eternité.

Mais les fleurs terrestres de l'illusion sont gardées éternellement fraîches par la mort.

Frère, garde ceci dans ton cœur et réjouis-toi.

LXIX

Je chasse le cerf d'or.

Souriez mes amis ; je n'en poursuivrai
pas moins la vision qui toujours me fuit.

Je cours à travers collines et vallons,
j'erre dans des pays inconnus, à la recherche du cerf d'or.

Vous, vous allez au marché et en reve-
nez chargés d'achats ; moi l'appel des
vents vagabonds m'a touché; où et quand?
je ne sais.

Je n'ai aucun souci dans le cœur : tout ce
que j'ai, je l'ai laissé loin derrière moi.

Je cours à travers collines et vallons ;
j'erre dans des pays inconnus, à la recherche du cerf d'or.

LXX

Je me rappelle qu'un jour dans mon enfance, je faisais flotter un petit bateau en papier sur le ruisseau. C'était par une journée humide de juillet ; j'étais seul et heureux de mon jeu.

Je faisais flotter mon petit bateau en papier sur le ruisseau.

Subitement de gros nuages d'orage s'amoncelèrent, le vent vint en tourbillons et la pluie tomba à torrents.

Des flots d'eau vaseuse submergèrent le ruisseau et coulèrent mon petit bateau.

Amèrement je crus que l'orage était venu tout exprès pour gâter ma joie ; et qu'il me voulait du mal.

La journée nuageuse de juillet est longue aujourd'hui et je pense à ces jeux de la vie où j'ai toujours été le perdant.

LE JARDINIER D'AMOUR

J'allais blâmer ma destinée pour tous les tours qu'elle m'a joués, quand, soudain, je me rappelai du petit bateau en papier qui sombra dans le ruisseau.

LXXI

Le jour n'est pas encore fini ; la foire
n'est pas terminée, la foire au bord de la
rivière.

Je craignais d'avoir gaspillé mon temps
et perdu mon dernier penny.

Mais non, mon frère, il me reste quelque
chose encore. La malice du sort ne m'a pas
tout ravi.

Vente et achat sont terminés. Les
comptes sont réglés et il est temps pour
moi de retourner à la maison.

Mais quoi, garde-barrière, tu réclames
ton péage ?

Ne crains rien, il me reste quelque chose
encore ; la malice du sort ne m'a pas tout
ravi.

Les vents endormis nous menacent de

l'orage et, à l'ouest, les nuages bas ne présagent rien de bon.

Les eaux silencieuses attendent le vent.

Je me hâte pour traverser la rivière avant que la nuit me surprenne.

O Passeur, vous demandez votre salaire !

Oui, frère, il me reste quelque chose encore ; la malice du sort ne m'a pas tout ravi.

Le mendiant est assis sous l'arbre, au bord de la route. Hélas ! il me regarde avec un timide espoir !

Il croit que je suis riche des profits de la journée.

Oui, frère, il me reste quelque chose encore. La malice du sort ne m'a pas tout ravi.

La nuit devient sombre et la route solitaire. Les vers luisants brillent parmi les feuilles.

Qui êtes-vous, vous qui me suivez d'un pas furtif et silencieux ?

LE JARDINIER D'AMOUR

Ah ! je sais, vous désirez me dérober mes gains. Je ne vous désappointerai pas !

Car il me reste quelque chose encore ; la malice du sort ne m'a pas tout ravi.

A la mi-nuit, j'atteinds ma maison, les mains vides.

A la porte vous m'attendez, les yeux anxieux, éveillée et silencieuse.

Comme un timide oiseau, vous volez sur mon cœur, ô amoureuse.

Oui, ô oui, mon Dieu ! Il me reste beaucoup encore.

LXXII

En des journées de dur labeur, j'édifiai
un temple. Il n'avait ni portes ni fenêtres ;
ses murs étaient épais et construits en
pierres massives.

J'oubliai tout le reste ; je délaissai tout
le monde ; je restai en contemplation devant l'image que j'avais dressée sur l'autel.

L'incessante fumée de l'encens enve-
loppait mon cœur de ses lourds replis.

J'occupai mes veilles à graver sur les
murs un dédale de formes fantastiques :
chevaux ailés, fleurs à visages humains,
femmes aux formes de serpents.

Nulle ouverture ne fut laissée par où pût
entrer le chant des oiseaux, le murmure
des feuilles ou le bourdonnement du village au travail.

Seules mes incantations faisaient réson-
ner les sombres voûtes du dôme.

LE JARDINIER D'AMOUR

Mon esprit devint pareil à la pointe acérée et silencieuse d'une flamme ; mes sens s'évanouirent dans l'extase.

Je ne m'aperçus pas de la fuite du temps, jusqu'au moment où la foudre, en frappant le temple, réveilla la douleur de mon cœur.

A la lumière du jour, la lampe devint pâle et comme honteuse ; sur le mur les sculptures, rêves figés et vides de sens, semblaient éviter mes regards.

Je regardai l'image sur l'autel : je la vis sourire et s'animer au contact vivifiant du Dieu.

La nuit que j'avais emprisonnée déploya ses ailes et s'enfuit.

LXXIII

O Terre, ma patiente et sombre mère, ta richesse n'est pas infinie.

Tu te fatigues à nourrir tes enfants ; mais la nourriture est rare.

Les joies que tu nous offres ne sont jamais parfaites.

Les jouets que tu fabriques pour tes enfants sont fragiles.

Tu ne peux satisfaire nos insatiables espoirs ;... te renierai-je pour cela ?

Ton sourire assombri par la douleur est doux à mes yeux.

Ton amour, qui ne connait pas d'accomplissement, est cher à mon cœur.

Ton sein nous a nourris de vie, non d'immortalité ; c'est pourquoi tu veilles sur nous.

Depuis des siècles, tu composes des harmonies de couleurs et de chants et, cepen-

LE JARDINIER D'AMOUR

dant, ton paradis n'est encore qu'une triste ébauche.

Tes créations de beauté sont voilées du brouillard des larmes.

Je verserai mes chants dans ton cœur muet et mon amour dans ton amour.

Je t'adorerai par le travail.

J'ai vu la douceur de ton visage et j'aime ta lamentable poussière, ô mère Terre.

LXXIV

Dans le palais du monde, un simple brin d'herbe se mêle aux rayons du soleil et aux Etoiles de minuit sur le même tapis de verdure.

Ainsi, dans le cœur de l'Univers, mes chants occupent la même place que la musique des nuages et des forêts.

Mais toi, homme riche, ta richesse ne participe ni à la tranquille majesté du joyeux soleil d'or, ni à la douceur des rayons de la lune rêveuse.

La bénédiction du ciel, qui embrasse toutes choses, ne s'étend pas sur toi.

Et, quand la mort parait, ta fortune se flétrit et tombe en poussière.

<h1 style="text-align:center">LXXV</h1>

Un homme voulait se faire ascète. Une belle nuit, il déclara :

« Le moment est venu pour moi d'abandonner ma demeure et de chercher Dieu. Ah ! qui donc m'a retenu si longtemps ici dans les trompeuses illusions ? »

Dieu murmura : « Moi » ; mais l'homme ne comprit pas.

Il dit : Où es-tu, Toi qui t'es joué si longtemps de moi ? »

A ses côtés sa femme était paisiblement étendue sur le lit, un bébé endormi sur son sein.

La voix reprit : « Dieu, il est là », mais l'homme n'entendit pas.

Le bébé pleura en rêve, se pelotonnant plus près de sa mère.

Dieu ordonna : « Arrête, insensé, ne

131

quitte pas ta maison », — mais il n'entendit pas encore.

Dieu soupira et dit avec tristesse : « Pourquoi mon serviteur croit-il me chercher quand il s'éloigne de moi ? »

LXXVI

La foire se tenait devant le temple. Dès l'aube il avait plu et le jour touchait à sa fin.

Plus éclatant que toute la gaieté de la foule était le sourire d'une fillette, qui avait acheté pour deux sous, un sifflet en feuille de palmier.

Le joyeux son de ce sifflet montait plus haut que tous les rires et tous les bruits.

Une foule ininterrompue d'acheteurs se bousculait devant les étalages. La route était boueuse ; la rivière débordante et les prés inondés sous la pluie incessante.

Plus grand que tous les ennuis de cette foule était l'ennui d'un petit garçon, à qui il manquait un sou pour acheter un bâton de couleur.

Son regard ardemment fixé sur l'étalage excitait la pitié de la foule.

LXXVII

L'ouvrier et sa femme, venus de l'ouest, creusent la terre pour faire des briques et construire le four.

Leur petite fille va au bord de la rivière, où elle n'en finit pas de nettoyer les pots et les casseroles.

Le petit frère, tout brun et tondu, nu et couvert de boue, la suit et, assis sur la berge, attend patiemment qu'elle l'appelle.

La fillette s'en retourne à la maison, sa cruche pleine d'eau sur la tête, un pot de cuivre tout reluisant dans la main gauche et tenant l'enfant de l'autre main. Elle est la mignonne servante de sa mère et déjà sérieuse sous le poids des soucis domestiques.

Un jour je vis le petit garçon tout nu étendu sur l'herbe. Dans l'eau sa sœur était assise, frottant un pot à boire avec

LE JARDINIER D'AMOUR

une poignée de sable, le tournant et le retournant.

Tout près de là un agneau à la douce toison broutait le long de la berge.

Il s'approcha de l'enfant et, soudain, bêla avec force.

L'enfant tressaillit et se mit à crier.

La sœur laissa là son nettoyage et accourut.

Elle entoura son frère d'un bras, l'agneau de l'autre et, leur partageant ses caresses, elle unit, dans le même lien de tendresse, l'enfant de l'homme et le petit de la bête.

LXXVIII

C'était au mois de Mai. La chaleur suffo-
cante du milieu du jour semblait intermi-
nable. La terre desséchée baillait de soif.

J'entendis une voix appeler de l'autre
côté de la rivière : « Viens, mon bien-
aimé. »

Je fermai mon livre et j'ouvris la fenêtre.
Je vis un gros buffle, aux flancs tâchés de
boue, qui se tenait au bord de la rivière
et qui me regardait de ses yeux placides
et patients. Un garçonnet, dans l'eau jusqu'à mi-jambes, l'appelait pour prendre son
bain.

Je souris, amusé, et je sentis une douceur effleurer mon cœur.

LXXIX

Souvent je me demande jusqu'à quel point peuvent se reconnaitre l'homme et la bête qui ne parle pas.

A travers quel paradis primitif, au matin de la lointaine création, courut le sentier où leurs cœurs se rencontrèrent.

Bien que leur parenté ait été longtemps oubliée, les traces de leur constante union ne se sont pas effacées.

Et soudain, dans une harmonie sans paroles, un souvenir confus s'éveille et la bête regarde le visage de l'homme avec une tendre confiance et l'homme abaisse ses yeux vers la bête avec une tendresse amusée.

Il semble que les deux amis se rencontrent masqués et se reconnaissent vaguement sous le déguisement.

LXXX

D'un regard de vos yeux, belle femme, vous pourriez piller le trésor des chants jaillis de la harpe des poëtes.

Mais vous n'avez pas d'oreille pour leurs louanges ; c'est pourquoi je viens vous louer.

Vous pourriez tenir humiliées à vos pieds les têtes les plus fières du monde.

Mais, parmi vos adorateurs, les ignorés de la gloire sont vos préférés ; c'est pourquoi je vous adore.

La perfection de vos bras ajouterait à la splendeur royale, si vous y touchiez.

Mais vous les employez à épousseter et à tenir propre votre humble demeure ; c'est pourquoi je suis rempli de respect pour vous.

LXXXI

Mort, ô ma Mort, pourquoi chuchotes-tu
si bas à mes oreilles ?

Quand, vers le soir, les fleurs se flétris-
sent et que le bétail revient à l'étable,
sournoisement tu viens, à mes côtés, pro-
noncer des paroles que je ne comprends
pas.

Espères-tu ainsi, me courtiser et me
conquérir ? m'endormir, dans un murmure,
sous l'opium de tes froids baisers ? Mort,
ô ma Mort !

N'y aura-t-il pas, pour nos noces, quelque somptueuse cérémonie ? N'attacheras-
tu pas d'une guirlande de fleurs les tor-
sades de tes boucles fauves ?

N'y a-t-il personne pour porter devant
toi ta bannière et la nuit ne sera-t-elle pas

LE JARDINIER D'AMOUR

enflammée de tes torches rouges, Mort, ô
ma Mort ?

Viens au claquement de tes cymbales de
coquillages, viens dans une nuit sans sommeil.

Revêts-moi du manteau écarlate ; étreins
ma main et prends-moi.

Que ton char soit tout prêt à ma porte
et que tes chevaux hennissent d'impatience.

Lève le voile et, fièrement, regarde-moi
en plein visage, Mort, ô ma Mort !

LXXXII

Ce soir, ma jeune épouse et moi, nous allons jouer le jeu de la mort.

La nuit est noire, les nuages, dans le ciel, sont fantasques et les vagues de la mer sont en délire.

Nous avons quitté notre couche de songes ; nous avons ouvert la porte toute grande et nous sommes sortis, ma jeune épouse et moi.

Nous nous sommes assis sur l'escarpolette et le vent d'orage nous a brutalement poussés par derrière.

Ma jeune épouse s'est dressée brusquement ; épouvantée et charmée à la fois, elle tremble et se cramponne à mon sein.

Longtemps, je lui avais tendrement fait la cour.

J'avais fait pour elle un lit de fleurs ; je

LE JARDINIER D'AMOUR

fermais les portes pour que la lumière trop
vive n'offusque pas ses yeux.

Je la baisais doucement sur les lèvres et
lui murmurais à l'oreille de douces paroles ;
elle défaillait presque de langueur.

Elle était comme perdue dans le brouillard d'une immense et vague douceur.

Elle ne répondait pas à la pression de
mes mains ; mes chants ne pouvaient plus
l'éveiller.

Ce soir, nous est venu l'appel de l'orage,
l'appel des sauvages éléments.

Ma petite épouse a frissonné ; elle s'est
levée et m'a entraîné par la main.

Sa chevelure flotte ; son voile bat dans
le vent, sa guirlande frémit sur sa poitrine.

La poussée de la mort l'a rejetée dans la
vie.

Nous voilà face à face et cœur à cœur,
mon épouse et moi.

LXXXIII

Elle demeurait au flanc de la colline, au bord d'un champ de maïs, près de la source qui s'épanche en riants ruisseaux, à travers l'ombre solennelle des vieux arbres. Les femmes venaient là pour remplir leurs cruches ; là les voyageurs aimaient à s'asseoir et à causer. Là, chaque jour, elle travaillait et rêvait, au bruit du courant bouillonnant.

Un soir, un étranger descendit d'un pic perdu dans les nuages ; les boucles de ses cheveux étaient emmêlées comme de lourds serpents. Étonnés, nous lui demandâmes : « qui es-tu » ? Sans répondre, il s'assit près du ruisseau jaseur et, silencieusement regarda la hutte où elle demeurait. Nous eûmes peur et nous revinmes de nuit à la maison.

Le lendemain matin, quand les femmes

vinrent chercher de l'eau à la source, près des grands « Deodora », elles trouvèrent ouvertes les portes de sa hutte, mais sa voix ne s'y faisait plus entendre... et où était son souriant visage ?... La cruche vide gisait sur le plancher et, dans un coin, la lampe s'était consumée. Personne ne sut où elle s'était enfuie avant l'aube. — L'étranger aussi avait disparu.

Au mois de mai, le soleil devint ardent et la neige se fondit ; nous nous assîmes près de la source et nous pleurâmes. Nous nous demandions : Y a-t-il, dans le pays où elle est allée, une source où elle puisse trouver l'eau en ces jours chauds et altérés ? Et nous pensions avec effroi : Y a-t-il même un pays au delà de ces collines où nous vivons ?

C'était une nuit d'été ; la brise du sud soufflait et j'étais assis dans sa chambre abandonnée, où était demeurée la lampe éteinte, quand, soudain, devant mes yeux, les collines s'écartèrent comme des rideaux

LE JARDINIER D'AMOUR

qu'on aurait tirés : « Ah ! c'est elle qui vient. Comment vas-tu, mon enfant ? Es-tu heureuse ? Mais où peux-tu t'abriter sous ce ciel découvert ? Hélas ! notre source n'est pas là pour apaiser ta soif ! »

« C'est ici le même ciel, dit-elle, libre seulement de la barrière des collines — ceci est le même ruisseau grandi en une rivière, — c'est la même terre élargie en une plaine ». « Il y a tout, là, soupirai-je, seulement nous n'y sommes pas ». Elle sourit tristement et dit : « Vous êtes dans mon cœur ». Je m'éveillai et entendis le babil du ruisseau et le frémissement des « deodora » dans la nuit.

LXXXIV

Sur les champs de riz verts et jaunes,
les ombres des nuages d'automne glissent
bientôt chassés par le rapide soleil.

Les abeilles oublient de sucer le miel des
fleurs ; ivres de lumière, elles voltigent
follement et bourdonnent.

Les canards, dans les îles de la rivière,
crient de joie sans savoir pourquoi.

Amis, que personne, ce matin, ne rentre
à la maison ; que personne n'aille au travail.

Prenons d'assaut le ciel bleu; emparons-
nous de l'espace comme d'un butin au gré
de notre course.

Le rire flotte dans l'air, comme l'écume
sur l'eau.

Amis, gaspillons notre matinée en chansons futiles.

LXXXV

Qui es-tu, lecteur, toi qui, dans cent ans, liras mes vers ?

Je ne puis t'envoyer une seule fleur de cette couronne printanière, ni un seul rayon d'or de ce lointain nuage.

Ouvre tes portes et regarde au loin.

Dans ton jardin en fleurs, cueille les souvenirs parfumés des fleurs fanées d'il y a cent ans.

Puisses-tu sentir, dans la joie de ton cœur, la joie vivante qui, un matin de printemps, chanta, lançant sa voix joyeuse par delà cent années.

ACHEVÉ D'IMPRIMER, LE
TRENTE JUIN MIL NEUF
CENT VINGT, PAR L'IMPRI-
MERIE R. H. COULOUMA,
ARGENTEUIL